CRÓNICAS DE DUNHAVEN

LIBRO 2

LA REVELACIÓN DE SANGRE

DAMIAN ALMARAZ

Impreso en los Estados Unidos de América.

Para más información, o para reservar un evento, contacte a : urbanheroes@outlook.com

https://bit.ly/3yBHV5j

Diseño del libro por Daian Books.

Diseño de la portada por Daian Books

ISBN - Tapa blanda: 9798330216758

Primera edición: Junio 2024

CONTENTS

Este libro está dedicado a mis lectores y a todos los amantes de los vampiros en el mundo. Su pasión y entusiasmo alimentan mi imaginación y me impulsan a crear historias que acechan la noche.

PRÓLOGO

En las brumosas Tierras Altas de Escocia, donde los antiguos castillos se erigen como centinelas contra el paso del tiempo, el Castillo Dunhaven continúa siendo un faro de misterio y poder. Los secretos que yacían dormidos en sus muros antiguos ahora han sido despertados, y una nueva era de oscuridad y luz está a punto de comenzar.

La familia Harrington, habiendo enfrentado pruebas inimaginables, se encuentra al borde de una nueva aventura. La verdad sobre su linaje y la conexión con el misterioso Alexander han revelado solo una parte de la gran historia que Dunhaven guarda celosamente. James, el joven heredero del castillo, ha descubierto que su destino está entrelazado con fuerzas antiguas y poderes oscuros que amenazan con engullir el mundo.

Con la llegada de nuevos aliados y enemigos, la batalla por el alma de Dunhaven se intensificará. La revelación de cómo Alexander se convirtió en un vampiro y la fuente de su herencia y poderes marcará el inicio de una saga que trascenderá generaciones. Pero en medio de esta lucha, una tragedia inesperada y un misterioso secuestro cambiarán el curso del destino para siempre.

Capítulo 1

EL ORIGEN DE ALEXANDER

El fuego crepitaba suavemente en la gran chimenea del castillo mientras Alexander miraba las llamas con ojos pensativos. Sentado junto a él, James no podía contener su curiosidad.

"Alexander, ¿cómo te convertiste en lo que eres?" preguntó James, su voz llena de ansiedad y expectación.

Alexander suspiró, sus ojos azules penetrantes reflejando una tristeza profunda. "Hace muchos siglos, antes de que Dunhaven fuera construido, yo era un joven caballero en una tierra lejana. Mi vida cambió para siempre cuando encontré un antiguo amuleto que pertenecía a una orden secreta de vampiros."

James escuchaba atentamente mientras Alexander continuaba. "El amuleto me otorgó poderes inimaginables, pero también me condenó a una existencia eterna. Mi linaje proviene de una raza antigua de vampiros, conocidos como los Nocturnos, cuya sed de poder y control casi destruyó el mundo en una época pasada."

La revelación dejó a James sin palabras. Comprendió que Alexander llevaba consigo el peso de siglos de historia y oscuridad. Pero antes de que pudiera preguntar más, un ruido en la puerta interrumpió su conversación.

El sonido resonó en el vasto salón, reverberando a través de los muros de piedra del castillo. Alexander se puso en pie con una agilidad sorprendente, sus sentidos vampíricos en alerta máxima. James sintió un escalofrío recorrer su espalda mientras la puerta se abría lentamente, revelando a Sarah y David, quienes habían estado escuchando en silencio.

"Queríamos asegurarnos de que todo estaba bien", dijo Sarah, su voz temblando ligeramente. "Hemos oído un ruido extraño."

Alexander les hizo un gesto para que se acercaran. "No hay de qué preocuparse, solo estábamos hablando del pasado." Sus palabras eran tranquilizadoras, pero su mirada revelaba una profunda preocupación.

"Me alegra que estemos todos aquí", continuó Alexander. "Hay mucho que debéis saber sobre este castillo y sobre mí. Los secretos que guarda no son solo míos, sino también vuestros."

Los Harrington se sentaron alrededor del fuego, sus expresiones reflejando una mezcla de curiosidad y aprehensión. Alexander comenzó a narrar su historia con más detalle, transportándolos a un tiempo donde la magia y la oscuridad dominaban la tierra.

"Hace siglos, antes de que las guerras y las traiciones dividieran a los reinos, existía una orden de vampiros conocidos como los Nocturnos. Eran seres poderosos, temidos y respetados por su sabiduría y fuerza. Su misión era proteger los secretos arcanos que podían alterar el destino de la humanidad. Mi familia, los Alaric, lideraba esta orden."

La historia de Alexander estaba impregnada de tragedia y sacrificio. Describió cómo los Nocturnos habían sido traicionados desde dentro por aquellos que buscaban utilizar su poder para el mal. Las guerras resultantes llevaron a la casi aniquilación de su raza.

"Fue durante esos tiempos oscuros que encontré el amuleto", continuó Alexander. "Estaba escondido en una cueva sellada por magia antigua. El amuleto me eligió, otorgándome poderes más allá de la comprensión, pero también maldiciéndome con la inmortalidad. Desde entonces, he vagado por el mundo, protegiendo el legado de los Nocturnos y luchando contra aquellos que buscan destruirlo."

James estaba fascinado y horrorizado a la vez. La vida de Alexander era un testimonio de sufrimiento y soledad, pero también de una resistencia inquebrantable. "¿Y el castillo?", preguntó finalmente. "¿Qué tiene que ver con todo esto?"

"Dunhaven es más que un simple castillo", explicó Alexander. "Es uno de los últimos bastiones de la magia antigua, un lugar donde los poderes de los Nocturnos aún residen. Vuestra familia, los Harrington, están conectados a este lugar y a su historia de maneras que aún no comprendéis."

La atmósfera en el salón se volvió más densa, cargada de expectativas y temores. Alexander sabía que lo que estaba por venir pondría a prueba a todos ellos de formas inimaginables. Pero también sabía que juntos podrían enfrentarse a cualquier oscuridad que el destino les deparara.

Capítulo 2

UN AMIGO INESPERADO

A la mañana siguiente, mientras James exploraba los terrenos del castillo, encontró una sorpresa inesperada. Un cachorro de golden retriever, perdido y asustado, se había refugiado cerca de una de las torres.

El día era frío y gris, con una niebla densa que envolvía todo en un manto de misterio. James, decidido a descubrir más sobre el castillo y sus secretos, había decidido aventurarse por los vastos jardines. Fue entonces cuando escuchó un gemido suave, casi ahogado por la niebla.

Siguiendo el sonido, James llegó a una pequeña cabaña abandonada, sus paredes cubiertas de musgo y sus ventanas rotas. Allí, acurrucado en un rincón, encontró al cachorro. Sus ojos marrones grandes y tristes miraron a James con una mezcla de miedo y esperanza.

James se agachó lentamente, extendiendo una mano hacia el cachorro. "Hola, pequeño. ¿Qué haces aquí todo solo?" El cachorro, temblando de frío y miedo, se acercó a James, olfateando su mano antes de lamerla con cautela.

"Te llevaré a casa", dijo James con una sonrisa. "Te llamaré Max."

Con Max en brazos, James regresó al castillo. Sarah y David, al ver al cachorro, compartieron una mirada de preocupación. "James, sabes que tener una mascota es una gran responsabilidad", dijo David con voz firme pero amable.

"Lo sé, papá", respondió James, acariciando suavemente a Max. "Prometo cuidar de él."

Sarah sonrió y asintió. "Está bien, James. Max puede quedarse, pero tendrás que asegurarte de que esté bien cuidado."

Max rápidamente se convirtió en un miembro querido de la familia Harrington. Su presencia trajo una nueva energía al castillo, aliviando un poco la tensión que había estado creciendo desde su llegada. Sin embargo, el destino tenía planes oscuros para Max.

Una noche, mientras la familia dormía, Max se escapó

sin que nadie lo notara. La luna llena iluminaba los terrenos del castillo, proyectando sombras inquietantes. Max, curioso por naturaleza, se aventuró más allá de los límites seguros del castillo, atraído por un ruido en la distancia.

Al día siguiente, James despertó y encontró a Max herido gravemente por un vehículo que había pasado por los terrenos del castillo. La visión de su amigo herido llenó a James de desesperación.

"¡Alexander! ¡Ayúdame!" gritó James mientras cargaba a Max en sus brazos, corriendo hacia el salón principal.

Alexander llegó de inmediato, sus ojos llenos de preocupación al ver la condición de Max. Sin dudarlo, Alexander mordió a Max, transfiriéndole parte de su poder inmortal. El cachorro, ahora un vampiro con la capacidad de volar y transformarse en un pequeño murciélago, se recuperó milagrosamente.

James observó con asombro cómo Max se transformaba, sus heridas sanando a una velocidad increíble. "Gracias, Alexander", dijo con voz temblorosa. "No sé qué habría hecho sin él."

Alexander colocó una mano en el hombro de James.

"Max es fuerte ahora, pero debemos tener cuidado. Esto no fue un accidente. El vehículo que atropelló a Max pertenecía a un grupo de cazadores de vampiros que han estado siguiéndonos."

La revelación dejó a James helado. "¿Por qué nos siguen? ¿Qué quieren?"

"Nos quieren a nosotros, James", respondió Alexander. "Quieren destruir todo lo que protegemos. Pero no lo permitiremos. Juntos, enfrentaremos esta amenaza y protegeremos nuestro hogar y a nuestros seres queridos."

La familia Harrington sabía que su lucha apenas comenzaba. Con Max ahora a su lado, más poderoso que nunca, estaban listos para enfrentarse a los cazadores y descubrir los oscuros secretos que acechaban en las sombras del Castillo Dunhaven.

Capítulo 3

LA AMENAZA OCULTA

La paz en Dunhaven se vio sacudida por la revelación de la verdadera naturaleza de los cazadores. Estos habían estado planeando su venganza contra Alexander y cualquier aliado suyo durante generaciones. La conversión de Max fue un giro inesperado, y ahora los cazadores estaban más decididos que nunca a eliminar la amenaza vampírica.

James, Sarah, David y Alexander se prepararon para la inevitable confrontación. Max, con sus nuevos poderes, se convirtió en un guardián feroz del castillo, protegiendo a la familia de los ataques furtivos de los cazadores.

El castillo, que una vez había sido un refugio seguro, ahora parecía un campo de batalla en espera. Las noches se volvieron más largas y llenas de tensión, cada sonido amplificado por la paranoia. Sarah y David se turnaban para vigilar, mientras James y Alexander ideaban planes para defenderse de los cazadores.

Una noche, mientras la luna llena iluminaba el cielo, James y Alexander se aventuraron a las afueras del castillo. La niebla espesa dificultaba la visibilidad, pero ambos sabían que debían estar atentos. Los cazadores eran expertos en el sigilo y la emboscada.

"Tenemos que descubrir quién está detrás de esto", dijo Alexander en voz baja mientras avanzaban cautelosamente por el bosque que rodeaba el castillo. "No podemos permitir que nos sorprendan."

James asintió, su corazón latiendo con fuerza. Aunque tenía miedo, sabía que debía ser valiente. "¿Crees que tienen un líder? ¿Alguien que los esté organizando?"

Alexander frunció el ceño. "Estoy seguro de que sí. Los cazadores de vampiros no actúan sin un propósito. Debemos encontrar a su líder y detenerlo."

Justo entonces, un ruido sordo resonó a su derecha. Ambos se giraron rápidamente, sus sentidos agudizados. Max, en su forma de murciélago, volaba silenciosamente sobre ellos, vigilando desde el aire.

"¡Cuidado!" gritó James mientras una figura oscura se lanzaba hacia ellos desde las sombras.

Alexander reaccionó al instante, bloqueando el ataque con una fuerza sobrenatural. La figura retrocedió, revelando a un cazador vestido con una capa oscura y ojos llenos de odio. Sin embargo, antes de que pudieran interrogarlo, el cazador se desvaneció en la niebla, dejando una advertencia ominosa en el aire.

"Esto es solo el comienzo", susurró Alexander, su voz llena de determinación. "No descansaremos hasta que esta amenaza sea eliminada."

Pero en medio de la tensión, una tragedia golpeó a la familia. Una noche, James desapareció sin dejar rastro. La desesperación se apoderó de Sarah y David mientras buscaban a su hijo incansablemente, pero sus esfuerzos fueron en vano. No sabían si James había sido secuestrado por los cazadores o por algo aún más siniestro.

La desaparición de James sumió a la familia en una oscuridad aún más profunda. Sarah lloraba todas las noches, mientras David se consumía en su desesperación. Alexander, sintiéndose responsable, juró encontrar a James y traerlo de vuelta.

"Lo encontraremos, Sarah", dijo Alexander con

firmeza una noche mientras observaban la luna desde las almenas del castillo. "No importa lo que cueste, no importa cuánto tiempo tome. Traeremos a James de vuelta a salvo."

La búsqueda de James se volvió una misión personal para todos en Dunhaven. Max, en su forma de murciélago, patrullaba los cielos, buscando cualquier señal de su amigo. Lydia y Marcus, los nuevos aliados de la familia, también se unieron a la búsqueda, utilizando su magia y habilidades para rastrear a los cazadores.

Los días se convirtieron en semanas, y las semanas en meses. La tensión aumentaba con cada día que pasaba sin noticias de James. Pero la esperanza no se desvaneció. Sabían que mientras mantuvieran la fe y permanecieran unidos, encontrarían a James y derrotarían a los cazadores.

La lucha por Dunhaven estaba lejos de terminar, y la familia Harrington se preparaba para enfrentarse a la oscuridad con una determinación renovada. La verdadera batalla apenas había comenzado.

Capítulo 4

EL LEGADO DE LOS NOCTURNOS

Con James desaparecido, Alexander decidió revelar más sobre su oscuro pasado. Reunió a Sarah y David en la gran sala del castillo y comenzó a contarles sobre los Nocturnos.

La sala, iluminada por la luz suave de las antorchas, estaba impregnada de una atmósfera solemne. Las paredes de piedra, cubiertas de tapices antiguos, parecían escuchar atentamente la historia de Alexander.

"Los Nocturnos no solo eran una raza antigua de vampiros, sino que también eran guardianes de secretos arcanos y poderes que podían cambiar el curso de la historia. Mi linaje se remonta a los líderes de los Nocturnos, quienes custodiaban el amuleto que ahora llevo."

Sarah y David escuchaban con atención, comprendiendo que la desaparición de James estaba ligada a estos secretos. Sabían que, para encontrar a su hijo, tendrían que adentrarse en la oscuridad y enfrentar a los enemigos de Alexander.

"Los Nocturnos eran más que simples vampiros", continuó Alexander. "Eran seres de una gran sabiduría y poder, dedicados a proteger el equilibrio del mundo. Sin embargo, su poder atrajo la envidia y el odio de aquellos que buscaban utilizarlo para sus propios fines."

Describió cómo los Nocturnos habían sido traicionados desde dentro por aquellos que deseaban el poder absoluto. Las guerras resultantes casi destruyeron a su raza y dejaron cicatrices profundas en la historia.

"Fue durante esos tiempos oscuros que encontré el amuleto", explicó Alexander. "Estaba escondido en una cueva sellada por magia antigua. El amuleto me eligió, otorgándome poderes más allá de la comprensión, pero también maldiciéndome con la inmortalidad. Desde entonces, he vagado por el mundo, protegiendo el legado de los Nocturnos y luchando contra aquellos que buscan destruirlo."

David frunció el ceño, tratando de comprender la magnitud de lo que Alexander estaba diciendo. "¿Y qué tiene que ver esto con nosotros? ¿Por qué está nuestra familia involucrada?"

"Vuestra familia, los Harrington, están conectados a este lugar y a su historia de maneras que aún no comprendéis", respondió Alexander. "El Castillo Dunhaven fue construido sobre los cimientos de una fortaleza Nocturna. Vuestros antepasados eran aliados de los Nocturnos, comprometidos a proteger sus secretos."

La revelación dejó a Sarah y David asombrados. Comprendieron que su conexión con el castillo y con Alexander era más profunda de lo que habían imaginado. "¿Qué debemos hacer ahora?" preguntó Sarah, su voz llena de determinación.

"Debemos encontrar a James y proteger el castillo", dijo Alexander con firmeza. "Los cazadores saben sobre el legado de los Nocturnos y harán todo lo posible para destruirlo. Pero mientras estemos juntos, tenemos una oportunidad de luchar."

La historia de Alexander fortaleció la resolución de la

familia. Sabían que su lucha apenas comenzaba, pero también sabían que juntos podrían enfrentar cualquier desafío. Con nuevos aliados y una determinación renovada, se prepararon para adentrarse en la oscuridad y salvar a James.

Capítulo 5

NUEVOS ALIADOS

En su búsqueda de respuestas, la familia Harrington y Alexander encontraron a nuevos aliados. La primera fue Lydia, una bruja poderosa que había estado vigilando el Castillo Dunhaven desde hace siglos. Con su conocimiento de la magia antigua, Lydia se convirtió en una valiosa amiga y guía.

Lydia apareció una noche, emergiendo de las sombras con una gracia sobrenatural. Su cabello largo y oscuro caía en cascada sobre sus hombros, y sus ojos verdes brillaban con una sabiduría antigua. "He estado esperando este momento", dijo, su voz suave pero poderosa. "El castillo me llamó, y supe que mi ayuda sería necesaria."

Alexander la recibió con respeto, reconociendo su poder y su conocimiento. "Lydia, tu llegada es oportuna. Estamos enfrentando una amenaza que no podemos derrotar solos."

Lydia asintió, comprendiendo la gravedad de la

situación. "Los cazadores de vampiros han estado activos durante siglos, pero su líder actual es más peligroso de lo que imagináis. Viktor es un hombre sin escrúpulos, dispuesto a sacrificar todo por obtener el poder de los Nocturnos."

El segundo aliado fue Marcus, un cazador de vampiros renegado que había dejado su orden al descubrir la verdad sobre los Nocturnos y sus intenciones. Marcus tenía un profundo resentimiento contra su antigua orden y estaba decidido a ayudar a la familia Harrington a desentrañar el misterio y salvar a James.

Marcus apareció una tarde, buscando refugio en el castillo. Su apariencia ruda y cicatrices contaban la historia de muchas batallas. "He visto lo que mi orden ha hecho", dijo con voz áspera. "No puedo seguir apoyando sus acciones. Quiero ayudar a detenerlos y salvar a James."

Sarah y David, aunque inicialmente recelosos, vieron en Marcus un aliado valioso. Su conocimiento de los cazadores y sus tácticas sería invaluable en la lucha que se avecinaba.

Con Lydia y Marcus a su lado, la familia Harrington y

Alexander se sintieron más preparados para enfrentar la amenaza. Se reunieron en la sala de mapas del castillo, planificando sus próximos movimientos.

"Debemos ser estratégicos", dijo Alexander mientras señalaba diferentes puntos en el mapa. "Los cazadores conocen nuestras debilidades, pero también tenemos nuestras fortalezas. Lydia, necesitaré tu magia para crear barreras protectoras alrededor del castillo."

Lydia asintió. "Ya he comenzado a trabajar en eso. Pero necesitaremos algo más para enfrentar a Viktor. Hay un antiguo artefacto escondido en las montañas cercanas. Es un cristal que amplifica la magia y puede ayudar a derrotar a los cazadores."

Marcus intervino. "Conozco el lugar. Puedo guiaros hasta allí. Pero será peligroso. Los cazadores han puesto trampas y guardianes en el camino."

La determinación en los ojos de todos era palpable. Sabían que no tenían otra opción. Debían encontrar el cristal y utilizarlo para salvar a James y proteger el legado de los Nocturnos.

La búsqueda del cristal se convirtió en una misión urgente. Con cada día que pasaba, la tensión aumentaba y la amenaza de los cazadores se hacía más inminente. Pero con sus nuevos aliados a su lado, la familia Harrington se sintió más fuerte y lista para enfrentar cualquier desafío que el destino les deparara.

Capítulo 6

LA CAZA DEL VAMPIRO

La búsqueda de James llevó al grupo a una serie de enfrentamientos con los cazadores de vampiros. Utilizando sus habilidades combinadas, Alexander, Max, Lydia y Marcus lograron repeler los ataques y avanzar en su misión.

Los días se convirtieron en una serie de batallas constantes, cada una más peligrosa que la anterior. Los cazadores, liderados por Viktor, demostraron ser adversarios formidables, utilizando tácticas astutas y magia oscura para intentar vencer a los defensores de Dunhaven.

Durante uno de estos enfrentamientos, Alexander se encontró cara a cara con su antiguo mentor y líder de los cazadores, Viktor. El enfrentamiento reveló la profunda traición que había llevado a Alexander a convertirse en vampiro y la verdadera naturaleza de la amenaza que enfrentaban.

La confrontación tuvo lugar en un antiguo cementerio, envuelto en la niebla de la noche. Las lápidas viejas y desgastadas por el tiempo creaban un laberinto de sombras y ecos de un pasado olvidado.

"Alexander", dijo Viktor, su voz resonando con un tono de burla. "No esperaba verte aquí. Pensé que te habías escondido en alguna parte, lamiendo tus heridas."

Alexander apretó los puños, sintiendo la ira y la traición arder en su interior. "Viktor, nunca debiste traicionar a los Nocturnos. Te confiamos nuestro legado y lo destruíste por tu ambición."

Viktor sonrió con frialdad. "El poder es para aquellos que están dispuestos a tomarlo. Los Nocturnos eran débiles, atados a sus ideales de equilibrio y protección. Yo he encontrado un camino más efectivo."

La batalla que siguió fue feroz. Alexander y Viktor lucharon con una intensidad que sacudió el cementerio, sus poderes chocando en un destello de energía oscura y luminosa. Lydia y Marcus, junto con Max, se unieron a la pelea, enfrentándose a los otros cazadores que rodeaban a Viktor.

James, todavía prisionero, observaba desde una celda oculta, su corazón latiendo con fuerza. Aunque estaba asustado, la visión de sus seres queridos luchando por él le dio esperanza y determinación.

"¡No te rindas, James!", gritó Lydia mientras lanzaba un hechizo contra uno de los cazadores. "Estamos aquí para salvarte."

James apretó los barrotes de su celda, buscando una forma de liberarse. Sabía que debía encontrar una manera de ayudar, aunque fuera desde dentro. Miró a su alrededor, buscando cualquier cosa que pudiera usar como herramienta.

Finalmente, después de una batalla agotadora, Alexander logró desarmar a Viktor, dejando al líder de los cazadores indefenso. "Esto termina ahora, Viktor. No permitiré que destruyas lo que queda de los Nocturnos."

Viktor, a pesar de su derrota, sonrió con una malicia inquietante. "Esto es solo el principio, Alexander. La verdadera oscuridad aún no ha despertado."

Con esas palabras, Viktor desapareció en una nube de humo, dejando a Alexander y a los demás con más preguntas que respuestas. Aunque habían ganado la batalla, la guerra estaba lejos de terminar.

El grupo se reunió alrededor de James, finalmente liberándolo de su celda. "Gracias", dijo James con voz temblorosa. "Sabía que vendrían por mí."

Alexander lo abrazó con fuerza. "Nunca dejamos a nadie atrás, James. Estamos juntos en esto."

Con James a salvo, la familia Harrington y sus aliados regresaron al castillo, sabiendo que debían prepararse para lo que vendría. La caza del vampiro había revelado la verdadera magnitud de la amenaza que enfrentaban, y sabían que solo unidos podrían derrotarla.

Capítulo 7

EL REFUGIO DE LOS NOCTURNOS

Guiados por las pistas que habían descubierto, el grupo se adentró en el antiguo refugio de los Nocturnos. Este lugar, oculto en las profundidades de una montaña, estaba lleno de trampas y peligros. Sin embargo, también contenía respuestas cruciales sobre el paradero de James y los secretos de los Nocturnos.

El viaje hacia el refugio fue arduo y peligroso. Atravesaron bosques densos y ríos turbulentos, enfrentándose a criaturas mágicas y trampas antiguas. Cada paso los acercaba más a su destino, pero también aumentaba el riesgo de ser descubiertos por los cazadores.

Finalmente, llegaron a la entrada de la cueva que conducía al refugio. La entrada estaba oculta por una cascada, y solo aquellos con el conocimiento adecuado podían encontrarla. Lydia utilizó su magia para abrir el camino, revelando un pasaje oscuro y estrecho.

"Este es el lugar", dijo Lydia, su voz resonando en la cueva. "Aquí es donde los Nocturnos guardaban sus secretos más valiosos."

El grupo avanzó con cautela, sus pasos resonando en el silencio de la cueva. Las paredes estaban cubiertas de inscripciones antiguas y símbolos mágicos que contaban la historia de los Nocturnos.

James, sintiendo una extraña conexión con el lugar, se detuvo frente a una inscripción en particular. "Alexander, ¿qué dice esto?"

Alexander se acercó y leyó la inscripción en voz alta. "Habla del amuleto y su poder. Dice que solo un descendiente directo de los Harrington puede desbloquear todo su potencial."

La revelación dejó a todos en silencio. James, comprendiendo la magnitud de su herencia, se sintió abrumado. "¿Eso significa que yo puedo usar el amuleto?"

"Sí", respondió Alexander con seriedad. "Pero también significa que estás en gran peligro. Viktor y sus cazadores te quieren por esta razón. Quieren usar tu poder para sus propios fines."

El grupo continuó explorando la cueva, buscando el cristal que Lydia había mencionado. Después de varias horas de búsqueda, finalmente lo encontraron en una cámara oculta, iluminado por una luz mágica.

"Este es el cristal", dijo Lydia con reverencia. "Con esto, podremos amplificar nuestra magia y enfrentarnos a Viktor con más fuerza."

Mientras se preparaban para salir de la cueva, una sombra oscura se movió en la periferia de su visión. Max, en su forma de murciélago, chilló una advertencia.

"Estamos rodeados", dijo Marcus, desenfundando su espada. "Los cazadores nos han encontrado."

La batalla que siguió fue intensa y brutal. Los cazadores, liderados por Viktor, atacaron con una furia implacable. Alexander, Lydia, Marcus y Max lucharon con todo su poder, protegiendo a James y el cristal.

James, decidido a no ser una carga, utilizó su recién descubierto poder para ayudar en la lucha. Canalizó la energía del amuleto, creando barreras protectoras y lanzando hechizos contra los cazadores.

Finalmente, después de una batalla agotadora, lograron repeler a los cazadores y escapar de la cueva. Aunque estaban heridos y cansados, sabían que habían logrado un gran avance. Con el cristal en su poder, tenían una oportunidad real de derrotar a Viktor y proteger el legado de los Nocturnos.

Regresaron al castillo, donde comenzaron a planificar su próxima movida. Sabían que la batalla final se acercaba, y debían estar preparados para enfrentarla con todas sus fuerzas.

Capítulo 8

EL RESCATE DE JAMES

Armados con esta nueva información, el grupo trazó un plan para rescatar a James. Sabían que el tiempo se agotaba, ya que los cazadores de vampiros estaban decididos a utilizar a James para sus propios fines oscuros.

El castillo se convirtió en un centro de actividad frenética mientras preparaban su asalto. Lydia trabajaba incansablemente para fortalecer las defensas mágicas, mientras Marcus y Alexander planificaban la estrategia de combate. Max, ahora completamente adaptado a sus nuevas habilidades, patrullaba los terrenos, asegurándose de que no hubiera sorpresas.

"Debemos actuar rápido", dijo Marcus mientras revisaban el mapa de la fortaleza de los cazadores. "Sabemos que Viktor planea realizar un ritual con James durante la próxima luna llena. Si lo logra, sus poderes se amplificarán y será casi imposible detenerlo."

"Entonces no tenemos tiempo que perder", respondió

Alexander con determinación. "Atacaremos esta noche. Con el cristal y nuestras habilidades combinadas, podemos vencerlos."

La tensión en el aire era palpable mientras se preparaban para el asalto. Sarah y David, aunque preocupados, sabían que debían confiar en Alexander y en sus aliados. "Traed a nuestro hijo de vuelta", dijo Sarah con lágrimas en los ojos. "Por favor, traedlo de vuelta."

Con la noche cubriendo el cielo como un manto oscuro, el grupo se dirigió hacia la fortaleza de los cazadores. La luna llena iluminaba su camino, proyectando sombras largas y siniestras en el suelo.

La fortaleza estaba fuertemente custodiada, con guardias patrullando las murallas y trampas mágicas protegiendo las entradas. Pero Alexander, Lydia, Marcus y Max estaban preparados. Utilizaron sus habilidades para eludir a los guardias y desactivar las trampas, avanzando con sigilo hacia el corazón de la fortaleza.

Dentro de la fortaleza, James estaba encadenado en una celda oscura, su mente llena de miedo y desesperación. Sabía que el tiempo se agotaba, y cada momento que pasaba lo acercaba más al ritual de Viktor.

De repente, un ruido familiar rompió el silencio. Era el chillido de Max, seguido por el sonido de una batalla en la distancia. James sintió una oleada de esperanza al darse cuenta de que sus amigos habían venido por él.

"¡Estoy aquí!", gritó James, su voz resonando en la celda. "¡Por favor, ayudadme!"

Alexander y Marcus llegaron primero, rompiendo las cadenas que sujetaban a James y sacándolo de la celda. "Estamos aquí, James. Te llevaremos a casa", dijo Alexander con una sonrisa tranquilizadora.

Pero antes de que pudieran escapar, Viktor apareció, su rostro contorsionado por la ira y el odio. "No tan rápido, Alexander. Este chico es mío."

La batalla final fue intensa y despiadada. Viktor utilizó todo su poder oscuro para intentar detener a Alexander y a los demás, mientras James y Marcus luchaban por mantenerse a salvo. Lydia, con el cristal en mano, canalizó su magia para proteger al grupo y atacar a Viktor con una fuerza devastadora.

Finalmente, en un último acto de sacrificio, Alexander utilizó el poder del amuleto para desatar una explosión de energía que derrotó a Viktor y destruyó la fortaleza de los cazadores. La batalla había terminado, pero el costo había sido alto.

Con Viktor derrotado y James a salvo, el grupo regresó al castillo, sabiendo que habían logrado una gran victoria. Pero también sabían que la lucha no había terminado. Debían seguir protegiendo el legado de los Nocturnos y prepararse para cualquier nueva amenaza que pudiera surgir.

Capítulo 9

EL PRECIO DE LA LIBERTAD

Aunque habían rescatado a James, el costo había sido alto. Alexander fue gravemente herido en la batalla y Lydia reveló que el amuleto tenía un precio: cada uso drenaba la vida de su portador.

La atmósfera en el castillo era sombría mientras todos se reunían alrededor de Alexander, quien yacía en una cama, su rostro pálido y sudoroso. Lydia estaba a su lado, utilizando su magia para intentar curar las heridas más graves, pero sabían que el daño era profundo.

"Alexander", dijo James con voz temblorosa, "todo esto es por mi culpa. Si no fuera por mí, no estarías así."

Alexander abrió los ojos y tomó la mano de James. "No es tu culpa, James. Todo lo que hice, lo hice porque creía en ti y en lo que representas. Eres la clave para proteger el legado de los Nocturnos. Nunca olvides eso."

La familia Harrington y sus aliados sabían que debían tomar una difícil decisión. El amuleto, aunque poderoso, era una carga peligrosa. Sabían que para proteger a James y al castillo, tendrían que hacer sacrificios.

Sarah y David se miraron con ojos llenos de lágrimas, comprendiendo la gravedad de la situación. "Alexander, ¿hay alguna manera de salvarte?" preguntó Sarah con desesperación.

Alexander negó con la cabeza, una sonrisa triste en sus labios. "El amuleto ha sido mi carga durante siglos. Siempre supe que este momento llegaría. Pero hay una forma de proteger a James y al castillo. Debo utilizar el amuleto una última vez para sellar los poderes oscuros de los Nocturnos y proteger a todos ustedes."

La decisión fue difícil, pero sabían que no tenían otra opción. Con la guía de Lydia, Alexander se preparó para realizar el ritual final. Todos se reunieron en el gran salón, donde el amuleto brillaba con una luz etérea.

"James, acércate", dijo Alexander con voz suave. "Debes

ser testigo de este ritual. Es parte de tu legado."

James se acercó, su corazón latiendo con fuerza. Sentía una mezcla de miedo y determinación, sabiendo que estaba a punto de presenciar algo extraordinario.

Alexander comenzó a recitar palabras antiguas en un idioma olvidado, su voz resonando con un poder que llenaba la sala. El amuleto brillaba intensamente, irradiando una luz que envolvía a todos.

De repente, una explosión de energía llenó el salón, y Alexander fue levantado en el aire por una fuerza invisible. Su cuerpo brillaba con una luz cegadora mientras el amuleto absorbía la oscuridad y sellaba los poderes de los Nocturnos.

Con un último suspiro, Alexander descendió lentamente al suelo, su cuerpo inmóvil y sereno. El amuleto, ahora apagado, cayó de sus manos, señalando el final del ritual.

James, con lágrimas en los ojos, se arrodilló junto a Alexander, sintiendo una profunda tristeza y gratitud. "Gracias, Alexander", susurró. "Prometo proteger el legado de los Nocturnos y hacerte sentir orgulloso."

La familia Harrington y sus aliados se unieron en un abrazo, sabiendo que habían perdido a un gran amigo y protector, pero también sabiendo que su sacrificio no sería en vano. La lucha por Dunhaven continuaría, y juntos, enfrentarían cualquier desafío que el futuro les deparara.

Capítulo 10

LA ÚLTIMA BATALLA

La última batalla contra los cazadores de vampiros fue feroz y desesperada. Alexander, con la ayuda de Max y sus aliados, luchó valientemente para proteger a la familia Harrington y el legado de Dunhaven.

En el clímax de la batalla, Alexander utilizó el amuleto para desatar un poder devastador que destruyó a los cazadores y selló las fuerzas oscuras de los Nocturnos. Sin embargo, este sacrificio le costó la vida, y Alexander desapareció en un resplandor de luz.

Con la paz finalmente restaurada, la familia Harrington comenzó a reconstruir sus vidas. James, habiendo aprendido sobre su linaje y poderes, se comprometió a proteger el legado de Dunhaven y los secretos de los Nocturnos.

Max, ahora un guardián inmortal del castillo, continuó vigilando y protegiendo a la familia. Lydia y Marcus se quedaron para ayudar en la reconstrucción y asegurarse de que las fuerzas oscuras nunca más amenazaran el castillo.

El Castillo Dunhaven, aunque marcado por las batallas y sacrificios, se convirtió en un símbolo de esperanza y resistencia. La familia Harrington, unidos por sus experiencias, se prepararon para enfrentar cualquier desafío que el futuro les deparara.

Y mientras las estrellas brillaban en el cielo iluminando la noche con su suave luz, sabían que sin importar a dónde los llevara su viaje, el Castillo Dunhaven siempre sería su hogar, un faro de esperanza en un mundo lleno de oscuridad.

EPILOGO: LA PRÓXIMA GENERACIÓN

Años después, James, ahora adulto, se convirtió en el guardián del legado de Dunhaven. Con la ayuda de Lydia y Marcus, continuó protegiendo el castillo y los secretos de los Nocturnos.

Un día, mientras exploraba los terrenos del castillo, James encontró a un niño perdido y asustado, recordándole a su propia infancia. Decidió acoger al niño, dándole un hogar y enseñándole sobre el legado y las responsabilidades que conlleva ser parte de Dunhaven.

La historia de Dunhaven continúa, con nuevos desafíos y aventuras esperando en el horizonte. Pero con la familia Harrington al frente, el castillo y sus secretos estarán protegidos para las generaciones futuras.

ACERCA EL AUTOR

Damian Almaraz, un narrador apasionado con un amor por lo oscuro y misterioso, reside en los paisajes encantadores de México con su pareja de 12 años y sus tres queridos perros, Estrella, Luna y Brownie. Con una profunda fascinación por las novelas de vampiros y hombres lobo, Damian se sumerge en el mundo del terror y lo paranormal, tejiendo historias que cautivan y emocionan a sus lectores. Su profundo conocimiento de lo sobrenatural es evidente en su escritura, donde cada página está llena de suspenso, intriga y lo desconocido. Cuando no está escribiendo, Damian disfruta explorando lugares embrujados, buscando inspiración para su próxima aventura escalofriante. Sus historias son un testimonio de su dedicación al género, invitando a los lectores a viajar a reinos donde lo sobrenatural reina supremo.

AGRADECIMIENTOS

A mi pareja, gracias por ser mi fuente constante de inspiración y fortaleza. Tu apoyo inquebrantable hace que todo sea posible.

A mis lectores, su compromiso con mi primer libro y su disposición a seguirme en este viaje significa todo para mí. Sin ustedes, no soy quien soy hoy.

Milton Keynes UK
Ingram Content Group UK Ltd.
UKHW030818010824
446082UK00001B/24

9 798330 216758